GAUDÍ

El arquitecto de los sueños imposibles

A mis padres, que me hicieron de buena arcilla.

Valentín Beato, 21. 28037 Madrid
www.anayainfantilyjuvenil.com

PAPEL DE FIBRA
CERTIFICADA

Primera edición: octubre de 2025

ISBN: 978-84-143-4484-2
Depósito Legal: M-16303-2025
Impreso en España - *Printed in Spain*

JORDI FOLCK
Ilustraciones de Ximena Maier

GAUDÍ

El arquitecto de los sueños imposibles

ANAYA

—Papá, ¿qué es un cal-de-re-re-ro? —preguntó el muchacho que aún no había cumplido los tres años. Parecía un querubín: sus ojos contenían el mar, sus cabellos, el sol, y su tez era delicada como las amapolas. A veces, parecía de cristal.

—Un cal-de-re-ro soy yo. O tu abuelo Francesc. O los padres de tu mamá. Somos artistas. Transformamos el cobre; con una buena tunda de martillazos sacamos las formas que guardaba escondidas: una paella, un jarrón, o un alambique...

—¿Los a-lam-bi-ques tienen alas?

A Francesc Gaudí le sorprendía la viveza del niño, Antoni. Habían engendrado cinco hijos y habían perdido a dos de ellos. Parecía como si el más pequeño, al faltar los otros, les hubiera absorbido la inteligencia.

Llegado el estío, se acercaban hasta el mar. Allí Antoni coleccionaba piedrecitas de colores, que no eran otra cosa que trozos de cristal erosionados por la furia del oleaje. Buscaba su propio reflejo: le fascinaban aquellas iridiscencias que después ordenaba, a su antojo, con guijarros blancos y negros.

En vez de levantar castillos de arena, dibujaba puertas y ventanas; una invitación a abrirlas para buscar historias al otro lado del mar. De sus bolsillos, llenos de hallazgos, nacía un camino de arena blanca tras de sí.

Otra vez había fabricado —y no tenía ni cinco años— una jaula con palillos donde había resguardado de la lluvia a una lagartija.

—¿Y qué vas a hacer con ella? —le había preguntado su madre—. Tienes ideas estrambóticas. ¿No pensarás sacarla de paseo con su collarcito?

—Solo la observo. Me gustan los dragones. Podemos ser amigos. Antes cabalgaban los cielos. Quién sabe si un día no volverán a anidar entre nosotros... Nunca nos faltaría el fuego en el invierno ni la luz en la oscuridad...

«Tanta imaginación no puede ser buena», se lamentaba Antònia, su madre. El maestro de Antoni había dicho en una de sus lecciones que «las aves tienen alas para volar». Y su hijo había replicado que «las gallinas tienen alas enormes y no saben volar: las usan para correr más rápido». El maestro, atónito, se había quedado callado, sin saber qué responder al contestón de medio metro.

El taller de los Gaudí se hallaba en el centro de la ciudad de Reus. En aquel entonces las casas eran pequeñas, oscuras y húmedas. La gente trabajaba en los portales y en la calle. El pequeño Antoni y su hermano Francesc se escapaban para corretear entre herreros, cerrajeros, ebanistas, vidrieros y fundidores. Quedaban cautivados por la sinfonía de sonidos: era una escuela de la calle.

Antoni Gaudí, el hijo de los caldereros, había caído enfermo a los seis años. «Reuma», había sentenciado el médico de cabecera, obligándolo a reposo absoluto.

En aquel tiempo de espera se entretenía con su caja de tesoros: conchas de caracoles, maderas de lejanos naufragios, lápices afilados, papeles de estraza dibujados con garabatos y, a veces, filigranas, todo sobre un lecho de hojarasca a la que llamaba «lluvia de colores». Y cuando ya no podía quedarse quieto, se montaba sobre el lomo de un asno o salía de paseo con la tartana —el coche de caballos de la familia Gaudí— hasta el vecino pueblo de Riudoms.

Acudían a menudo a la masía de la Calderera, si era preciso a pie. Habían plantado hortalizas y árboles frutales entre los que corrían las gallinas, a las que perseguía tozudamente a pesar de saltarse el reposo forzoso. El chiquillo había escuchado de todo: que si tenía la cabeza a pájaros, que si estaba en la Luna o con la cabeza en las nubes. Entonces se ponía a soplar para que cambiaran de forma y dirección. Si había sopladores de vidrio... ¡Qué oficio más hermoso sería el de arquitecto de las nubes, el de... domador de las formas imposibles!

Junto al viejo reloj de sol se escapaba el tiempo y el muchacho, embelesado, se decía: «Hay tanto por aprender…». El mundo era un juego de magia y él iba a encontrar el secreto, la llave para hacerlo suyo. ¿No sería esa clave el ingenio?

Un día, en la masía de la Calderera había levantado seis torres con potes encaramados en cazuelas y marmitas coronadas con un cucharón de madera unido a un atizador del fuego. La lámpara proyectaba todo tipo de sombras titilantes.

—Antoni, el médico te ha recomendado reposo. Eres imposible. ¿Qué es todo este desorden?

—¿Desorden? Se trata de una catedral coronada por una cruz.

—Si tu padre se entera de que juegas con sus piezas... ¿No puedes estarte quieto y solo pensar o solo mirar?

—Si es lo que hago: pensar, mirar y aprender. Pensar es esperar que se haga la luz. Porque estar a oscuras... cansa mucho más que no hacer nada o perseguir gallinas.

Había terminado sus estudios en la escuela primaria y ahora apuntaba a los superiores, donde había coincidido con Eduard Toda, que hablaba por los codos de las maravillas de mundos aún desconocidos.

—Un día coronaré las pirámides de Egipto. Atravesaré los antiguos caminos de polvo entre casbas y aldeas de barro de Marruecos; dormiré en las cuevas construidas en la roca, en Capadocia; a la sombra de las chimeneas de las hadas, que no son más que sombreros de basalto que cabalgan montículos de tierra volcánica, y me pondré el mundo por sombrero.

Y lo contaba con tanto apasionamiento que el joven Gaudí de quince años solo podía responder que a él lo que le interesaban eran las criptas, las iglesias y los palacios, que podría dibujarlos y crearlos con misterios mayores.

A la amistad del futuro egiptólogo se añadía la de Josep Ribera. Con ambos viajaba hasta las ruinas romanas de la antigua ciudad imperial de Tarraco o hasta el castillo de Escornalbou, rodeado de montañas de arenisca roja, agujereadas por el viento con alvéolos tan grandes como huevos de dinosaurio. Y hasta Poblet. El monasterio que cobijaba las tumbas de Alfonso el Magnánimo, Alfonso I el Casto, Martín el Humano... había sido saqueado. Se habían profanado tumbas, derribado muros y robado objetos de valor.

—Un día reconstruiré el monasterio de Poblet —había dicho Antoni acariciando, tal vez por primera vez, el sueño de ser arquitecto—. Sus muros desnudos son una lección de anatomía: los tendones y los músculos son aquí las nervaduras y los contrafuertes —había añadido.

La obsesión del hijo de los caldereros para construir mundos fantásticos parecía crecer con la misma proporción que su imaginación.

—Estas notas no son lo suficientemente buenas. Solo sacas sobresaliente en Geometría. Luego algún notable, y el resto, ¡suspensos! —le había gritado su padre al joven Gaudí—. La industria, Antoni, acabará arrinconando los oficios artesanales. Lo veo venir, y no podrás ser calderero porque ya no serán necesarios. Tienes que espabilar. Hay demasiadas nubes en tu cabeza. ¡Es momento de pensar qué quieres ser de mayor!

—De ti he aprendido a trabajar con el fuego, a batir el cobre, a doblegar el hierro, a comprender la gramática de la artesanía —agradeció a su padre—. Pero no me gusta la escuela. ¿De qué sirve memorizar y repetir después como loros? ¡Estoy harto de cantar las lecciones, de esa repetición inútil!

Francesc Gaudí acabaría dándole la razón.

La escuela estaba matando su talento. Le había visto pintar los decorados para las funciones teatrales, y cómo con sus amigos Toda y Ribera había creado la revista *El Arlequín,* escrita e ilustrada en parte por ellos mismos.

—Antoni es un artista —le había dicho a su esposa en su defensa—. Las escuelas deberían despertar los talentos naturales de cada alumno para convertirlos en metales preciosos en vez de obligarles a cantar las lecciones con falso entusiasmo.

Cuando llegó septiembre, los sueños de los tres amigos parecieron fundirse hasta desaparecer como la niebla. Eduard Toda se había trasladado a Madrid, Josep Ribera, a Andalucía, y él, en poco tiempo, iba a establecerse en Barcelona.

Gaudí, en la ciudad, se sintió como un chico con zapatos nuevos. Todo era nuevo y antiguo, resplandeciente y triste, enorme y minúsculo.

—¡¿No os dais cuenta de que todo parece un decorado teatral?! —había exclamado el futuro arquitecto al llegar a la capital—. Murallas romanas que son cimientos de iglesias góticas, palacios de mercaderes medievales en estado de abandono, portones de hierro forjado que se abren a patios interiores, calles tostadas por el sol junto a otras ennegrecidas por el humo de las fábricas, avenidas donde los indianos, los «americanos», construyen casas y palacios como emblemas de la nueva burguesía industrial.

La industria textil era imparable. Francesc Gaudí no se había equivocado en sus predicciones. Dar educación a sus hijos había sido prioritario y un esfuerzo económico en la familia. Antoni Gaudí lo agradecía formándose constantemente a través de la lectura, llenando sus bolsillos de páginas de libretas y apuntes y convirtiendo la biblioteca en su segundo hogar. Al terminar el instituto se había matriculado en la facultad de Ciencias como preparación a sus estudios de arquitectura.

—¡Cálculo integral, mecánica, geometría, química, geografía, física, historia natural, álgebra y trigonometría! ¡Me aburro! —se lamentaba—. ¿Dónde queda el arte? ¿Y la belleza?

Aquel hastío académico le perseguiría hasta la facultad de Arquitectura, donde se había matriculado a los veintidós años, y en la que discutía a menudo con el profesorado.

—¡Teoría, teoría! ¡Hay hombres de palabras y hombres de acción! ¡Y yo soy de acción!

Entonces se encerraba en la biblioteca de la facultad para viajar gracias a su imaginación. Aquellos mundos soñados tomaban cuerpo, finalmente, en fotografías en blanco y negro: las humildes cabañas de arcilla en las riberas del Nilo, las poderosas fortificaciones de Melilla con sus arcos en forma de huevo, los poblados montañeses en el Gran Atlas marroquí, las torres de Notre Dame de París, las murallas medievales de la legendaria Carcasona...

Cuando finalmente se licenció en Arquitectura, uno de los profesores exclamó:

—¿He aprobado a un loco o a un genio? ¡El tiempo lo dirá!

—Es un genio. ¡Antoni es un genio! —sentenciaba su padre a quien quisiera escucharle.

El genio de Reus había vuelto a los orígenes, a la tierra, a la observación de la naturaleza que pronto invadiría los edificios que le serían encargados.

El modernismo, aquella nueva y sorprendente corriente artística, parecía esperar al joven Gaudí para estallar y brillar con luz propia: pedía imaginación y buenas manos.

Se introducían el azulejo esmaltado, la bóveda catalana, el hierro forjado, la cerámica vidriada. Llegaban las líneas curvas, la asimetría de las formas, el colorido en las fachadas, la ornamentación vegetal, los patios interiores ricamente embellecidos por ebanistas, yeseros, herreros, vidrieros...

Ya como estudiante de Arquitectura, el humilde hijo de la Calderera había recibido sus primeros encargos arquitectónicos, y a los treinta y un años aceptaba dirigir las obras del templo de la Sagrada Familia, a la que iba a dedicar cuarenta y tres años de su vida, porque, según decía, su cliente, Dios, no tenía prisa.

—El arte es belleza, y la belleza pone orden en el caos —había exclamado ordenando sus ideas.

Mientras trabajaba en el templo, llenaba de escamas de dragón la azotea de la Casa Batlló, de chimeneas soldadescas la Pedrera, de bosques de piedra y *trencadís* el Park Güell, de pájaros y girasoles El Capricho, en Comillas, de fosos y almenas el Palacio Episcopal de Astorga, de ángeles y pastores, apóstoles y santos las dieciocho torres vigía de la Sagrada Familia...

Poeta de la piedra, arquitecto del universo, soñador de imposibles, mago de la luz..., el pequeño calderero lograría erigirse como el arquitecto más reconocido en todo el mundo, también el más extraordinario, a golpes de imaginación y uniendo arte, ciencia, naturaleza, espiritualidad y disciplina.

Las raíces de la imaginación de Antoni Gaudí se habían hundido en la tierra más profunda y, cien años después, todavía se elevan como un frondoso bosque de maravillas cielo arriba.

La vida de Antoni Gaudí

Antoni Gaudí i Cornet nació en Reus el 25 de junio de 1852. Francesc Gaudí, de oficio calderero, y Antònia Cornet habían perdido a dos de sus hijos cuando nació Antoni, que era el quinto. Algunos historiadores creen que nació en la villa cercana de Riudoms, en la masía de la Calderera. La familia tenía el taller en la calle Sant Joan, de Reus, que en aquella época se consideraba la segunda ciudad más importante de Cataluña.

El hecho de vivir rodeado de artesanos, su afición a observar constantemente la naturaleza, su amistad de juventud con el egiptólogo Eduard Toda y el médico Josep Ribera —con los que coincidió en las Escuelas Pías de Reus—, sus visitas al monasterio de Poblet, a los alrededores de la baronía de Escornalbou y a la antigua ciudad romana de Tarraco, despertaron su interés por la arquitectura.

Una de las primeras viviendas de los Gaudí en Barcelona fue frente a la basílica de Santa Maria del Pi. Se trasladaron allí para que Francesc, el hermano de Antoni, continuara sus estudios.

El 22 de octubre de 1874, a los veintidós años, Gaudí se matriculó en la Escuela de Arquitectura de Barcelona, y dos años más tarde trabó amistad con Eusebi Güell, un rico industrial de la sociedad catalana.

Obtuvo el título de arquitecto el 15 de marzo de 1878, lo que le permitió inscribirse en el Colegio de Arquitectos de Cataluña.

El joven Gaudí detestaba la repetición de las lecciones y apostaba por la creatividad, lo que le había llevado a enfrentarse a algunos profesores, como Domènech i Montaner, una de las grandes figuras del modernismo.

Acceder al rico fondo fotográfico de la biblioteca de la facultad le permitió descubrir arquitecturas lejanas y aumentar su interés por el orientalismo y otros movimientos estéticos.

El arquitecto Josep Fontserè fue el primero en confiar en el joven Gaudí, al que encargó varios proyectos, como la farmacia Gibert, en el paseo de Gràcia, las farolas de la plaza Real de Barcelona o un mueble vitrina para la Exposición Universal de París, que despertó el interés del mecenas Eusebi Güell.

En 1883 fue contratado como director de obras de la Sagrada Familia para sustituir al arquitecto Francisco de Paula del Villar. Durante los años que estuvo trabajando en este proyecto, aceptó otros, como la reforma de la Casa Batlló, vivienda que Josep Batlló había comprado en el paseo de Gràcia de Barcelona

Antoni Gaudí se trasladó al Park Güell en el año 1906, convirtiéndose en su residencia habitual hasta que en 1925 se fue a vivir al taller de la Sagrada Familia.

El 7 de junio de 1926 lo atropelló un tranvía mientras daba su paseo diario desde el templo de la Sagrada Familia hasta la iglesia de Sant Felip Neri. Su humilde manera de vestir hizo que la gente, en un primer momento, creyera que el herido era un mendigo. Murió tres días después en el Antic Hospital de la Santa Creu de Barcelona. Su entierro tuvo lugar en el templo de la Sagrada Familia y fue un acto multitudinario.

Antoni Gaudí y el modernismo

El día internacional del modernismo se celebra cada 10 de junio. El modernismo fue un movimiento cultural, literario y artístico que se produjo en Occidente a finales del siglo XIX y principios del XX, y que en Cataluña se manifestó especialmente en la arquitectura y las artes decorativas. Las principales aportaciones del excepcional arquitecto Antoni Gaudí fueron las líneas curvas, el tratamiento de asimetrías, el aprovechamiento de los espacios y volúmenes y la creación de un estilo orgánico inspirado en la naturaleza, que le llevaron a incluir abundantes elementos de fauna y flora en sus construcciones.

Entre los materiales que más empleó se encuentran el hierro forjado, el ladrillo, el vidrio, los azulejos y la piedra. Con el cristal y los azulejos hizo composiciones excepcionales, como, por ejemplo, el *trencadís* del Park Güell, una explosión de colores formada por pequeños fragmentos de cerámica rota.

Son siete las obras de Antoni Gaudí que han sido declaradas patrimonio mundial de la Unesco: el Park Güell, el Palacio Güell, la Pedrera, la Casa Vicens, la fachada de la Natividad y la cripta de la Sagrada Familia, la Casa Batlló y la cripta de la Colonia Güell.

CASA CALVET

1898-1900

EL CAPRICHO

1883-1885

PALACIO GÜELL

1886-1890

FAROLAS DE LA PLAZA REAL
DE BARCELONA

1879

CASA VICENS

1883-1888

LA PEDRERA
1904–1906

PABELLÓN DEL PARK GÜELL
1900–1914

CASA BATLLÓ
1906–1909

SAGRADA FAMILIA
1883–1926